Facetten des Lebens

Sterne – Reisen – Dunkelheit
Heimat – Identität - Gefühle

Eine Anthologie der
Schreibgruppe Ludwigsburg
Winterausgabe 2017

Die Autoren/Innen

Brigitte Steeb

Gudrun Lempp
Sheela Mara Ziegler
Subramaniya Suresh
Eva Karina Schittenhelm

Prolog

Liebe Leserin, lieber Leser,

wir freuen uns, dass Sie unser Büchlein „Facetten des Lebens" aufgeschlagen haben.

Den Traum, ein eigenes Buch zu veröffentlichen, hat wahrscheinlich jeder, der gerne schreibt oder auch liest, schon einmal geträumt. Wir sind die Schreibgruppe Ludwigsburg und haben ihn uns mit dieser kleinen Anthologie* verwirklicht.

Anlass für die Entstehung der Schreibgruppe war ein Volkshochschulkurs zum Thema Kreatives Schreiben. Einige Teilnehmer beschlossen, sich nach dem Kurs weiterhin zum gemeinsamen Schreiben zu treffen. Mit der Zeit wurden wir immer mehr. Inzwischen sind wir insgesamt zu zehnt, sechs von uns sind die Autoren/Innen dieses Buches.

Der Gedanke, bis Weihnachten ein gemeinsames Buch zu veröffentlichen, kam uns zufällig. Wir stellten fest, dass wir viele Ideen hatten, uns aber bisher die nötige Disziplin und Motivation gefehlt hatte. Außerdem wussten die meisten von uns nicht, wie und wo man ein Buch verlegt und veröffentlicht. Wir beschlossen, diese Hürden gemeinsam zu überwinden.

Wir sammelten geeignete Themen, informierten uns über Verlage und fanden ein hervorragendes Stammlokal für unsere Treffen. Bald arbeitete jeder von uns mit Feuereifer an seinen Texten. Das Ergebnis halten Sie nun in den Händen: Die Themen *Sterne, Reisen, Dunkelheit, Heimat, Identität und Gefühle* ziehen sich als roter Faden durch das Buch und verbinden die Gedichte und Prosatexte miteinander. Das sind die prägenden Facetten unseres Lebens, die jeder von uns in seinem einzigartigen Stil beschrieben hat.

Wir laden Sie ein, mit uns auf eine Reise durch die sechs Facetten des Lebens zu gehen!

Viel Spaß beim Lesen wünscht Ihre
Schreibgruppe Ludwigsburg

* Eine Anthologie ist eine themenbezogene Zusammenstellung literarischer Werke in Buchform.

Die Facetten dieses Büchleins

Sonnenaufgang

Der Tag erwacht aus tiefem Schwarz
die Sonne reckt die ersten Strahlen
Der Morgenstern im Zwischenhell
er trennt die Geschwister.
Dem Feuerspiel der frühen Stund
entwächst neues Erleben.
Die dunklen Stunden sind gebannt
wir können uns erheben
von all den Träumen
unserm Schlaf
abschütteln was heut Nacht uns traf
Uns strecken nach dem Licht
das alles Leben wieder bringt
und tröstlich unsern Tag bewacht
bis dass die warme Sonne
ihre Endlichkeit bedenkt
der tiefen Nacht sich wieder schenkt.

Brigitte Steeb

Anfangen

Nicht zögern und zagen,
einfach! Nur Neues wagen.
Wenn`s doch nur so einfach wär,
warum mach ich`s mir so schwer?

„Ein-fach" heißt: es reicht eine Spur.
Nicht alles gleichzeitig, sondern nur –
mit dem ersten Schritt,
dem ersten Wort beginnen,
wahrnehmen und hören nach innen,
was reagiert, wie fühlt sich`s an,
was ich in Worte fassen kann!

An-Fangen. Ein schönes Wort,
es passiert, und es fährt fort.
Schon ist der Anfang wieder vorbei
und wird Gewohnheit im „Allerlei".

Alles hat mal angefangen,
vieles ist wieder zu Ende gegangen.
Was ist *jetzt* dran. Wo führt es hin?
Ist es egal oder macht es Sinn?
Hat nicht alles längst begonnen
und ist über die Jahre wieder zerronnen?
Kann ich im Alter nochmal starten?
Auf wen oder was will ich noch warten?

Das **Neue Jahr** im Januar,
es fängt was an, obwohl viel war.
Bisheriges hat „stattgefunden"
und trotzdem folgen weitere Runden
die wieder Neues erleben lassen.
Es hält in Atem, ich kann es kaum fassen.

Zum Anfangen hilft „Inne-Halten",
durchatmen, abschütteln
und einen Gang herunterschalten.
Das Leben passiert: Jetzt und Hier,
im Augenblick – das wünsch ich mir!

Ruth Schützler

Morgendämmerung

Der Tag beginnt mit leisem Leuchten
über Vulkanen am fernen Horizont
es ist noch kühl
der Sonne Fieber hat die Luft noch nicht
gewärmt.
Die Nacht sie wandert weit nach Westen
tritt ihre Weltumrundung an.
Aus der Stille wachsen Töne
das Leben wacht so langsam auf
Ein paar verschlafene Morgenwolken
verziehen sich aufs Meer hinaus.
Es wird ein Tag mit blauem Himmel
mit Sonnenschein und warmem Sand
Und Morgenkaffee so wie immer
im Pub am goldnen Meeresstrand.

Brigitte Steeb

Reisen braucht Toleranz

Wieder mal mit der Bahn unterwegs. Ich reise zu einem Klassentreffen nach Ascona an den Lago Maggiore. Es soll dort wunderbar sein, sagen die, die schon dort waren. Extra einen Zug früher habe ich genommen, damit ich einen guten Platz im SBB-Zug nach Zürich ergattern kann. Fenster zur Seite der aufgehenden Sonne, mit Tischchen für mein kleines Frühstück und einen Platz in Fahrtrichtung. Es ist 7.45 Uhr.

So weit so gut. Was ich nicht weiß als ich mich auf meinem Platz einrichte: wer sich alles noch so einstellen wird im Abteil. Schwerschnaufend höre ich bereits von hinten kommend einen weiteren Fahrgast heranschlurfen. Er findet den Platz auf der Bank neben mir offensichtlich attraktiv.

Ein kurzer Blick zur Seite verrät mir, dass es sich hier um mindestens zweieinhalb Zentner Mann handelt, dem es nicht so gut geht. Die Jeans in Übergröße ist hochgewickelt bis zum Knie. Darunter zeigen sich schwer entzündete rote Beine, die sich wohl grad von einer heftigen Venenentzündung erholen sollen, oder kurz davor sind eine zu bekommen. Jedenfalls brauchen sie Luft und sind deshalb schamlos freigelegt. Die entsprechende Bauchtrommel sitzt breitbeinig auf dem Rumpf und macht das Leben des Betroffenen schwer. Das sieht und hört und spürt man.

✷

Kurz überlege ich, ob ich meinen tollen Platz schnell noch wechseln soll, bevor er es merkt. Ich entscheide mich zu bleiben, schließe die Augen, lege meinen Kopf auf mein zusammengerolltes Tuch ans Fenster und freue mich auf meine Reise. Ein anderer Platz hat seine anderen Störfaktoren, denke ich, und wer weiß, wer dann im Laufe der Fahrt noch alles so einsteigt.

Also, Ruth, reiß Dich zusammen, Du bist doch offen und tolerant für alle Menschen, vor allem für die Gehandicapten. Noch ist der Zug nicht abgefahren, da wird neben mir bereits Deftiges ausgepackt. Eine Dose Thunfisch wird geöffnet und verbreitet ihren eindeutigen Geruch. Brot und Thermoskanne daneben. Ein Erlebnis der besonderen Art kündigt sich an. Das „Veschpern" geht sofort los und ist nicht zu überhören. Am besten wegschauen, weghören und wegriechen – sofern dies geht? Zum Glück für meinen Geruchssinn geht das Speiseritual schnell vorüber. Für meinen nüchternen Magen ist der Fischgeruch eine Zumutung. Die leere Dose landet im kleinen Müllschieber.

Nicht dass der Mensch obenrum unangenehm aussieht. Er trägt einen dunkelblauen Pulli mit rotem Schal. Das passt zum Bahnpersonal, ist aber eindeutig privater Stil.

Das minütliche Öffnen der Thermoskanne mit dem heißen Getränk wird nun zelebriert und mit einer Tafel Schokolade und einer übermäßig dicken Tageszeitung kultiviert.

Ich nehme nur wahr. Nein, ich habe keine Klischees. Ich schaue nach links aus dem Fenster und sehe den Neckar fröhlich fließen, der inzwischen die Bahnstrecke in so bezaubernder Landschaft begleitet.

Wie kann eine Zeitung nur so laut sein. Unverschämt. Was für ein Papier oder was für ein Leser, der mit so einer Tageszeitung so viel Lärm machen kann. Seite um Seite tut in den Ohren weh, fast wie das was drinstehen mag. Nicht genug des Leselärms reißt der Leser nun Seite um Seite aus dem Gesamtpaket und legt sie einzeln auf die Sitze gegenüber.

Ich verstehe. Darauf kann er nun die kranken Beine gut ablegen, ohne den Sitz zu beschmutzen. Das finde ich anständig und nachvollziehbar. Das habe ich auch schon mal so gemacht, allerdings nur mit einer Zeitung am Stück.

Zwischendurch geht der Herr auf die Zugtoilette. Nun wage ich einen direkten Blick auf das Lager neben mir. So eine Ausdehnung auf vier Sitzen samt Klapptischchen sieht man nicht alle Tage. Die Zeitung ist ausgelegt zu einer großen Fläche. Ich schätze so vier qm. Dazu Bücher, Thermoskanne samt dickem Terminkalender. Na gut, denke ich, jeder soll nach seiner Façon selig werden und natürlich auch Bahnfahren dürfen.

✳

Der Gast kommt zurück und liest die noch nicht gelesenen Seiten weiter.

Nun rücken allerdings meine Toleranzgrenzen näher. Ein Gehuste und Gepruste verrät, dass der Thunfisch samt Beilagen anfängt zu verdauen. Das macht Mühe. Aus der Bauchfülle kommt Druck hoch. Ohne Hemmungen und Rücksicht auf eventuell gestörte Fahrgäste. Es hört sich sehr unangenehm an, so dass mir fast schlecht wird.

Klar, ich könnte ja immer noch den Platz wechseln. Inzwischen wäre ein anderer Wagen vielleicht doch besser, um den Geräuschen zu entkommen. Ich schaue wieder aus dem Fenster und will mich ablenken, am Neckar und der Landschaft freuen. Heute gelingt es mir nur mäßig, obwohl ich mich so auf die Fahrt durch die herrliche Landschaft gefreut habe.

Ich konzentriere mich und beobachte, wie die Blätter an den Bäumen sich langsam verfärben, die Schafe weiden, ein Mensch durch die Felder joggt und die Morgensonne sich durch den Nebel drängt.

Was jetzt kommt ist lauter als die wildeste Handymusik, die man von anderen Bahnfahrten von den Mitreisenden so kennt. Ich weiß ja, wie sich schnarchen anhört. Zuhause ziehe ich kurzerhand ins andere Zimmer, wenn mein Mann anfängt zu schnarchen. Hier bleibe ich sitzen und kann es nicht fassen, dass jemand mit so viel „Schmackes" seinen Atemwegsauspuff aktivieren kann. Nein, das ist jetzt kaum mehr auszuhalten. Da der Mann ja schläft, schaue ich nochmal ausgiebiger zu ihm hin. Was er wohl träumt?

Der Zug hält an. Kein Erwachen erkennbar. Es ist der tiefe Schlaf eines gebeutelten Menschen. Jetzt grad scheint es ihm gut zu gehen. Das Gesicht, Mund und Wangen hängen entspannt Richtung Bauch. Der Mann wirkt zufrieden, er kann so seine kranken Beine, seine Adipositas und sein Schnarch-Problem für eine Weile vergessen. Das ist ihm zu gönnen. Wie sollte ich mich darüber aufregen?

„Wir müssen die Menschen nehmen wie sie sind, es gibt keine anderen", sagte Konrad Adenauer. Ja, da hatte er Recht. Ob ich es immer aushalten muss, stelle ich allerdings in Frage. Ich könnte ja weggehen. Weit weg genug um das, was mich stört, nicht mehr zu riechen, zu sehen und zu hören.

Aber, ich bleibe. Ich höre jetzt die Minibar am Anfang des Zugabteils klappern. Da kommt jetzt heißer Kaffee angefahren. Mein Frühstück wartete bis jetzt in meiner Tasche. Jetzt bin Ich dran! Ich werde gleich genüsslich in den Apfel beißen, den Kaffee schlürfen, den Ziegenkäse und die Nüsse und die Trauben drapieren und meinen Bauch damit auch ein bisschen wachsen lassen.

Jetzt, nachdem es aufgeschrieben ist, wird alles erträglicher. Ein Schmunzeln gelingt mir und

❋

meine Toleranzgrenze hat sich um einige Meter nach vorne verschoben.

Einfach Sein – im Hier und Jetzt. Manche können es besser, manche können dabei was lernen oder aber die Flucht ergreifen.

Für heute bleibe ich. Es könnte ja sein, dass der Herr nicht ganz bis Zürich fährt, sondern vorher aussteigt. Vielleicht bis Singen, das wäre nur noch eine halbe Stunde. Na ja, das werde ich ja wohl noch aushalten. Aber was, wenn er doch bis 11 Uhr neben mir sägt?

Dann entscheide ich neu!

„Toleranz ist, wenn man 50 Jahre mit demselben Partner verheiratet ist"… steht auf meiner Postkarte zuhause. Ich bin es erst 41 Jahre, also habe ich noch Puffer. Es steht mir nicht zu, die Freiheit des anderen einzuschränken. Er braucht seinen Schlaf. Meine Hände zucken zwar zwischendurch, um den lauten Schläfer zu meiner rechten zu schütteln und zu rütteln: Hei DU, wach auf! Du bist eine Volksbelästigung mit Deinem Getöse!

Der Zug wackelt und ist auch laut; was soll ich mich noch weiter aufregen.

Ich öffne meine Tasche und hole meine Mahlzeit heraus. Prost und wohl bekomm's. Jeder wie er's braucht. In Singen steigt der Mann tatsächlich aus. Er hat sich gestärkt und wirkt erholt nach dieser Bahnfahrt. Ich reise entspannt weiter.

Ruth Schützler

Jaipur - Bazar

Lautes Hupen in den Straßen
ich steige aus der Rikscha aus
Chili kitzelt in der Nase
gelb türmt sich Kurkuma auf

Drängeln, Schubsen, enge Gassen
eine Kuh blockiert den Weg
den Kanal mit schmutzigem Wasser
überquert ein schmaler Steg

Schwarze Schleier, dunkle Blicke
lächle ich ganz einfach weg
Süßigkeiten, Blumenketten
liegen dann auf meinem Weg

Stickereien auf den Stoffen
rot und gelb mit Spiegeln drauf
100 Rupien für die Schuhe
Glitzerschäle die ich kauf

Zwei Samosas einen Chai
Ruhepause zwischen Töpfen
von den Ständen mit Gemüse
höre ich lautes Geschrei

Zwei Elefanten an der Treppe
der Wächter lächelt mich herauf
Stille, Andacht, Räucherstäbchen
in einer Nische Hanuman

Im Zentrum sitzt allein ein Priester
und schaut mich lange offen an

Ich gebe etwas für den Tempel
rechte Hand auf meinen Kopf
Ein roter Punkt
ich bin gesegnet....

Chili kitzelt in der Nase
gelb türmt sich Kurkuma auf
Ich steige wieder in die Rikscha
Fahre in den Tag hinaus.

Brigitte Steeb

Krokodilstränen

Es waren einmal ein Junge und ein Krokodil. Der Junge rettete das Krokodil vor dem Verdursten und dem Verhungern. Sie wurden Freunde und bereisten gemeinsam die Welt.

Als das Krokodil alt wurde, blieb es als Land zurück. Der Junge lebte auf dem zur Insel gewordenen Krokodil. Es wurde sein Heimatland. Es ist das heutige Timor. Es gibt Ost- und Westtimor. So sagt die Legende.

Der Junge blieb dem Krokodil aus Dankbarkeit lange treu. Sehr lange...

Diese Verbundenheit hat Auswirkungen bis heute.

Wie man das bemerkt?

Letzten Sommer besuchten wir unsere Familie in Timor-Leste, und die Geschichte mit dem Krokodil wurde aktuell, als wir Folgendes erlebten:

An einem herrlichen Sommerabend machen wir(mein Sohn, dessen Cousins und Cousinen und ich) uns auf den Weg. Wir sind zu fünft unterwegs und wollen vom Haus meiner Schwägerin zum Sonnenuntergang an den Strand von Baucau laufen.

Sie muss leider noch arbeiten, aber es ist abgemacht, dass sie uns mit dem Auto abholt, wenn wir sie anrufen.

Es ist heiß, aber wir laufen los und sind gespannt auf das, was uns erwartet.

Der Weg zur Küste bietet einen herrlichen Ausblick auf die wunderbare blaue See. Es ist der Pazifik.

Auf dem Weg kommen wir vorbei an mit Leben gefüllten Häusern, spielenden Kindern und freilaufenden Hühnern.

Die Geräusche und Gerüche sind ungewohnt.

Der Weg liegt fernab vom stätischen Auto- und Mikroletverkehr.

Immer bergab führt uns der Weg vorbei am Zentrum der Stadt Baucau Richtung Meer. Überall gibt es Palmen, zahlreiche Mangroven mit Luftwurzeln, Bananenbäume, Agaven, Papaya- und Mangobäume. Staunend nehmen wir die vielfältige Vegetation wahr. Timor-Leste ist ein wunderschönes Land!

Immer wieder riecht es nach Essen, welches teilweise über offenem Feuer gekocht wird. Es wird mehrmals täglich Reis gegessen. Wer es sich leisten kann, isst den Reis gerne mit Fleisch, gut gewürzt und ergänzt durch Gemüse und Obst aus dem eigenen Garten.

Neben den Häusern sehen wir beim Vorbeilaufen viel Müll. Plastikflaschen liegen überall herum. Wasser muss gekauft werden, aber leider gibt es in diesem jungen Land noch keine Müllentsorgung. Vieles landet dann einfach auf dem Nachbargrundstück oder vor der Haustür.

Es ist abenteuerlich zu erleben wie Hunde, Katzen, Ziegen und Wasserbüffel einfach so unseren Weg kreuzen. Der Wasserbüffel ist hier der energiesparende, umweltfreundliche Traktor, der für das Bestellen der Felder unentbehrlich ist.

Unser Spaziergang ist kurzweilig, wir sehen Affen, Kinder und vieles mehr.

Es ist eine friedliche Abendstimmung spürbar. Wir, in lustiger Runde, zwischen den Sprachen, am Übersetzen. Der wunderbare Strand in erreichbarer Nähe und die bald untergehende Sonne. Der Strand liegt friedlich da, die tropische Hitze lässt langsam nach. Wir freuen uns, sehen die Idylle mit weißem Sand, wunderbare Felsen, Palmen und sogar ein Fischerboot. Wie im Urlaubsprospekt. Ich freue mich auf einen gemütlichen Barfußspaziergang im seichten Wasser, wahrscheinlich finde ich bald ein paar besondere Muscheln.

Durch ein kleines, schattiges Dschungelstück erreichen wir den Strand. Unser Cristiano will uns gerade zur zweiten Bucht bringen, als er plötzlich innehält.

Auf Englisch sagte er kurz: „Hier stimmt etwas nicht. Ich bin gleich zurück!"

Er eilt auf die Fischer zu, die in der Bucht zu sehen sind. Er spricht sie an.

❈

Sie haben Folgendes geantwortet: „Du hast Recht, die Ruhe trügt, dort, ganz nahe der Küste im Schatten der Bäume, liegt ein Krokodil. Es könnte ein weibliches Tier sein. Vielleicht ist ein junges Krokodil in der Nähe. In dem Fall ist das Weibchen besonders gefährlich". Wie bitte? Hatte ich richtig verstanden? Wir waren gerade oberhalb der Bucht an einem lebenden Krokodil vorbei gelaufen? Auf dem Weg zur zweiten Bucht verlief der Weg oberhalb der Bäume, in deren Schatten das Krokodil angeblich lag.

Wir waren daran vorbei gelaufen und hatten nichts bemerkt. Uns sackt das Herz in die Hosentasche, die ganze Idylle des Sonnenuntergangs ist im Nu verschwunden, und wir versuchen, das Gehörte zu verstehen.

Was sollen wir nun tun? Sofort rufen wir meine Schwägerin an: „Bitte, Du musst uns sofort abholen. Hier ist ein Krokodil!"

Nun heißt es abwarten, bis sie kommt. Wir müssen zurück, vorbei an dem Ort, wo das Krokodil gesehen worden war.

Das Krokodil ist wirklich da! Wir entdecken es bei genauerem Hinsehen.

Wir sehen den höckerigen Kopf, der aussieht, als würden Steine aus dem Meer herausragen. Wir sehen und fotografieren es, aber es fehlen das ruhige Gefühl und die Gewissheit, in Sicherheit zu sein, die man hat, wenn man im Zoo Krokodile anschaut. Gruselig.

Das Warten kommt uns sehr lange vor.

Wir sind auf einem Felsen, der uns oberhalb der Ruhestelle des Krokodils Schutz bietet. Mit einem mulmigen Gefühl sitzen wir neben einem Feld und wünschen uns, die Uhr vordrehen zu können. Plötzlich hören und sehen wir, wie etwas schnell durch das Feld huscht. Wir erschrecken uns sehr.

Ist es das kleine Krokodil und wenn ja – ist auch die Mutter nicht weit? Ist es eine Schlange? Auf jeden Fall ist es unheimlich, Angst schürend. Die Zeit scheint still zu stehen, bis meine Schwägerin endlich aus dem kleinen Dschungelstück auf den Strand fährt.

Aufgeregt erzählen wir von dem Erlebten.

Wir können die Welt nicht mehr verstehen, denn wir wollten doch nur Zeit an diesem wunderbaren Strand verbringen.

Nun will ich die Originallegende, die in Englisch verfasst ist, mit freundlicher Genehmigung von der timoresischen Organisation Lafaek Diak, einfügen. Sie liefert mehr Hintergrundwissen, um das Erlebte anders zu beleuchten.

❇

The Boy and the Crocodile

Many years ago, a small crocodile lived in a swamp in a faraway place. He dreamed of becoming a big crocodile, but as food was scarce, he became weak and grew sadder and sadder.

He left for the open sea, to find food and to realize his dream, but the day became increasingly hot, and he was still far from the shoreline. Upon swimming to the shore, the little crocodile, rapidly becoming dehydrated and now in desperation, lay down to die.

A small boy took pity on the stranded crocodile and carried him back out to the sea. The crocodile was instantly revived, and was grateful to the little boy.

"Little boy," he said, "you have saved my life. If I can ever help you in any way, please call my name and I will be at your command."

A few years later, the boy called out to the crocodile, who was now big and strong.

"Brother crocodile," he said, "I too have a dream. I want to see the world."

"Climb on my back," said the crocodile, "and tell me, which way do you want to go?"

"Follow the sun," said the boy. So, the crocodile set off for the east and they traveled the oceans for many years, until one day the crocodile said to the boy:

"Brother, we have been traveling for a long time. But, now the time has come for me to die. In memory of your kindness, I will turn myself into a beautiful island, where you and your children can live until the sun sinks into the sea."

As the crocodile dies, his body grew and grew, and his ridged back became the mountains, and his scales the hills of Timor.

Now when the people of East Timor swim in the ocean, they often enter the water respectfully, saying, 'Don't eat me, crocodile, for we are family, and you are my grandfather.'

Hier folgt die deutsche Übersetzung.

Der Junge und das Krokodil

Vor vielen Jahren lebte ein Krokodil in einem Sumpfgebiet, an einem Platz, der ganz weit weg ist.

Es träumte davon, ein großes Krokodil zu werden, aber als das Futter knapp wurde, wurde es schwach, und es wurde traurig und trauriger.

Es schwamm in die offene See hinaus, um Futter zu finden und seinen Traum zu realisieren, aber der Tag wurde unerträglich heiß, und es war immer noch weit weg von der Küste. Während es weiterschwamm Richtung Küste, bekam das kleine Krokodil immer größeren Durst, und als es fast ganz dehydriert war, legte es sich zum Sterben an den Strand.

Ein kleiner Junge hatte Mitleid mit dem gestrandeten Krokodil und trug es zurück ins Wasser.

Das Krokodil erwachte sofort wieder zum Leben und war dem Jungen dankbar.

„Kleiner Junge" sagte das Krokodil. „Du hast mir das Leben gerettet. Wenn ich Dir je irgendwie helfen kann, dann rufe mich bitte, und ich stehe Dir zu Diensten."

Ein paar Jahre später rief der Junge das Krokodil tatsächlich, welches nun groß und stark geworden war.

„Bruder Krokodil" sagte der Junge „ Ich habe einen Traum. Ich möchte die Welt sehen."

„Klettere auf meinen Rücken", sagt das Krokodil, "und erzähl mir, wohin Du willst".

"Folge der Sonne" antwortete der Junge.

Also setzte sich das Krokodil Richtung Osten in Bewegung, und sie bereisten die Meere für viele Jahre, bis das Krokodil zum Jungen sagt:

„Bruder, wir sind nun eine lange Zeit miteinander gereist. Aber jetzt ist die Zeit für mich gekommen zu sterben. In Erinnerung an Deine Freundlichkeit will ich mich in eine wunderschöne Insel verwandeln, auf der Du und deine Kinder leben können, bis die Sonne im Meer versinkt."

Als das Krokodil gestorben war, wuchs sein Körper, wurde größer und größer, und sein höckeriger Rücken wurde zu den Bergen und seine Schuppen wurden zu den Hügeln von Timor.

Jetzt, wenn die Timoresen im Meer schwimmen, nähern sie sich dem Wasser respektvoll und sagen dabei: "Friss mich nicht, Krokodil, denn wir gehören zur Familie und Du bist mein Großvater."

Nun komme ich zurück zum Titel der Geschichte: **Krokodilstränen**.

Wer weint sie?

Wem gehört in Timor-Leste der Strand? Den Krokodilen, den Menschen oder wie in der Legende beiden?

Bis heute verehren die Einheimischen die Krokodile. Die heiligen Krokodile zu töten würde ihrem Verständnis nach Unglück bringen.

Als Ost-Timor noch von der Kolonialmacht Indonesien regiert wurde, haben Indonesier immer wieder Krokodile getötet, um deren Population gering zu halten. Damals konnte man an Ost-Timors Stränden schwimmen gehen. Heute ist das zu gefährlich.

Was wird zukünftig aus den Krokodilen werden? Wird es eine menschenfreundliche Lösung geben, die auch die Sichtweise der Einheimischen achtet?

Es einfach so zu lassen wie es ist und nichts gegen die Krokodile zu tun, wäre sicher nicht ausreichend verantwortungsvoll den Menschen gegenüber.

Guter Rat ist also teuer.

Gudrun Lempp

Traumreise

Es ist soweit ich spür es schon
das Brüllen der Motoren
Mein Körper folgt meinen Gedanken
die sind schon lange fortgereist
und streifen durch ganz ferne Lande
die ich bisher noch nicht erreicht.
Wie riecht es dort, wie ist das Licht,
was gibt es da zum Essen.
Ich lese es und träume tags...
Geh schon mal durch die kleinen Gassen.
Betrachte Menschen seh die Märkte,
die Landschaft streckt sich vor mir aus
Am Horizont da flackern Lichter…
Musik weht übers Meer heran
Ein Fischerboot fährt noch hinaus
Das Martinshorn -
ich schrecke auf
ein Wimpernschlag
ich bin zuhause.

Brigitte Steeb

Einkaufen in Baucau

Wir wollen etwas einkaufen. Im Stadtzentrum von Baucau gibt es verschiedene Läden. Heute wollen wir zum Bäcker und zu einem „Gemischtwarenladen".

Wir, das sind eine in einem Haushalt angestellte Köchin, eine Cousine und ein Cousin von meinem Sohn und ich. Wir haben Geld dabei, eine Einkaufsliste und ein paar Taschen.

Das Haus meiner Schwägerin liegt am Ende einer kleinen Straße, die befahrbar ist, aber nicht asphaltiert. Heute laufen wir vor bis zur Hauptstraße, denn wir wollen mit dem Mikrolet in die Stadt fahren.

Die Mikrolets sind private Kleinbusse, die auf Handzeichen hin anhalten, um Mensch, Tier und Lasten gegen ein kleines Entgelt zu transportieren.

„Mana" Cordelia gibt das Handzeichen, der Mikroletfahrer hält an. Wir steigen ein. Es gibt zwei Sitzbänke im Mikrolet. Sie befinden sich jeweils an der Längsseite des Kleinbusses. Die Fahrgäste sitzen einander gegenüber.

Es sitzt bereits ein junger Mann auf einer der beiden Bänke. Er hat schwarze Haare, von der Sonne dunkel gegerbte Haut und begrüßt uns mit einem freundlichen Lächeln.

Die Mikrolets fahren mit geöffneten Türen, und auch wenn ich „Tetum" sprechen könnte, würde ich mich nicht unterhalten können, denn die Musik ist sehr laut aufgedreht. Der Beifahrer übernimmt die Discjockey Funktion.

Der Kleinbus fährt los. Die Hauptstraße führt bergab. Ich schaue mich um. Mein Blick wird fast magisch von der Frontscheibe angezogen. Ich sehe dort bunte Girlanden, die quer über den oberen und unteren Rand der Windschutzscheibe gespannt sind.

Es kleben Blumen in schillernden Farben rechts und links, oben und unten in der Fahrerkabine. Damit die Dekoration besser zu sehen ist, hat der Fahrer den oberen und unteren Rand der Frontscheibe mit einer schwarzen Folie beklebt. Es bleibt nur ein Spalt von ca. 30 cm in der Mitte frei. Er hat offensichtlich Spaß gehabt, „sein" Mikrolet zu dekorieren, und hat dennoch den Durchblick nach draußen.

Das Wetter ist angenehm. Natürlich ist es auch schwül, denn es sind ja immer noch locker 30° C. Wir genießen unsere Umgebung noch ein wenig, bis der junge Mann aussteigen möchte. Das Mikrolet fährt an den Straßenrand, und jetzt sollte der Fahrer seinen „Taxilohn" bekommen. Der junge Mann fasst sich an sein rechtes Ohr und übergibt dem Fahrer seinen „Timordollar" direkt in die Hand.

Der Taxilohn steckte also bis zur Übergabe im Ohr des Mitfahrers. Andere Länder, andere Gewohnheiten. Eine Geldbörse brauchte dieser junge Mann offensichtlich nicht. Innerlich noch schmunzelnd kamen auch wir schließlich an unserem Haltepunkt an. Cordelia bezahlte unseren „Taxipreis" und wir steigen aus.

Zuerst gehen wir zum Bäcker. Das Fenster, das zur Straße hinweist, ist geöffnet. Wir kaufen gesüßtes Gebäck für den Nachmittagskaffee. Mmm, es ist ganz frisch, wird es bis zu Hause überleben, ohne vorher gegessen zu werden?

Zweite Station auf unserer Einkaufstour ist der „Gemischtwarenladen". Der Laden sieht sehr interessant aus: Der Innenraum ist rechteckig. Der Kunde steht vor dem rundherum verlaufenden Tresen. Dahinter befindet sich der Gang, wo die Angestellten hin-und herlaufen, um die Waren aus dem Lager oder aus den Regalen zu holen. Tresen und Regale sind aus dunkelbraunem Holz gefertigt, sodass der Raum dunkel und ein wenig überladen wirkt.

Die Regale hinter dem Tresen sind bis unter die Decke gefüllt. Es gibt alles für den täglichen Gebrauch. Hier wird bedient. Oft entfällt dadurch auch die Qual der Wahl.

Eine Chinesin, die Inhaberin des Ladens, nimmt die Bestellung auf, während ein Angestellter damit beschäftigt ist, die Ware bereitzustellen. Wir kaufen Seife, Reis, einen „Duscheimer", Hautcreme mit Aloe Vera Duft und Vorräte für den Großhaushalt. Die Ladeninhaberin addiert unsere erhaltenen Waren auf ihrer handgeschriebenen Liste, und wir bezahlen. Es braucht hier kein Förderband, keine Registrierkasse, sondern nur eine Frau, die rechnen kann.

Den „Duscheimer" habe ich für meinen Mann gekauft. Hier in Osttimor gibt es *nicht immer* frisches Wasser aus dem Wasserhahn, deshalb wird Wasser in kleinen Becken gesammelt, wenn es fließt. Bei Bedarf wird dann „geduscht". Man nimmt dazu den „Duscheimer", der einen langen Griff hat, füllt ihn ganz durch Eintauchen ins Wasserbad, um diesen dann über sich zu entleeren. Das Wasser ist kalt und der „Duscheimer" fasst ungefähr drei Liter. Es ist sehr erfrischend so zu duschen. Diese Duschform wird hier *Mandi* genannt. So kann man auch duschen, wenn kein Wasser aus dem Wasserhahn kommt.

Diese *„Mandimöglichkeit"* soll mein Mann mit einem *"Duscheimer"* als Souvenir wieder erhalten, denn er ist in Asien aufgewachsen. Mit strahlenden Augen erzählt er heute noch davon, wie er als Kind immer so geduscht hat: laut "Mandi" rufend. Für den Rückweg winken wir ein anderes Mikrolet herbei und kehren froh nach Hause zurück.

Die süßen Brötchen duften weiterhin sehr verlockend. Zum Glück trägt Cordelia sie, sonst würden sie die Heimreise nicht überleben.

Sogar das Einkaufen ist in einem anderen Land ein kleines Abenteuer. Wir wurden stets gut begleitet und es war für alles gesorgt, sodass wir einfach „Dabeisein" durften. „Dabeisein" ist im Ausland oft schon genug, denn es ist einfach aufregend und bereichernd zugleich. Zwischen Sprachen und Kulturen unterwegs zu sein, ist auch anstrengend, denn jede Konversation muss übersetzt werden, und alles sonst so Selbstverständliche und Alltägliche braucht viel mehr Zeit.

So eine Mikroletfahrt ist empfehlenswert!

Gudrun Lempp

Foto: Wikipedia Commons

Mein indisches Kleid

In Lindau hab ich es gekauft
mein erstes indisches Gewand
Ein bodenlanges rotes Kleid
bedruckt und schön verziert
Mit sechzehn war ich stolz darauf
weil es so wunderbar mir stand
trotz rotem Haar und Sommersprossen
das Kleid hatte ich jahrelang
Dann kamen Ketten mit viel Glöckchen
am Hals, der Hand und Fußgelenk.
Räucherwaren aller Arten
betörende Sitarmusik.
Ein Klang vom fernen Abenteuer
der Hippietraum von Katmandu und Goa
Was Indien wirklich ausmacht
das wusst ich damals nicht.
Am Morgen nach dem langen Flug
als ich durch Kochis Straßen ging
da wusste ich beim Wechsel meiner Kleidung
im Laden
beim Kauf des indischen Gewands
dass ich jetzt angekommen bin.

Brigitte Steeb

Die blinde Weltenseherin

Die Welt, ja so nennen sie es. Aber als was definiert man die Welt?

Man könnte meinen, sie sei nur eine wahllose Zusammensetzung unendlich vieler, unterschiedlichster Ideen und Gedanken. Um die Welt zu erfassen, müsste man die Realität mit all ihren Facetten wahrnehmen – doch da steht schon die nächste schwierige Frage im Raum: wie definiert man Realität? Als ein Zusammenspiel von Vergangenheit und Zukunft, die zusammengenommen die Zeit des Augenblicks ergeben? Oder nur als eine Fantasie des eigenen Blickwinkels?

Wir haben Tag für Tag einen Einblick in so viele unterschiedliche Leben und doch kennen wir nicht einmal unser eigenes, da wir schließlich nur die Vergangenheit und die Gegenwart kennen, nicht jedoch die Zukunft, die uns noch bevor steht.

Wie kommt es, dass ich versuche, hier etwas niederzuschreiben, das zu verstehen, zu begreifen nahezu unmöglich scheint? Mein Leben, mich selbst.

Ganz einfach, ich habe erkannt, dass all das sich nur in meinem Kopf abspielt. Wie auch immer man nun Realität definiert, wie auch immer man sie wahrnimmt – sie ist und bleibt letzten Endes doch ungreifbar, für mich gleichermaßen wie für Sie.

❋

Aus diesem Grund versuche ich, in dem immerwährenden, undurchsichtigen Strudel der Zeit, in dem Chaos meines Seins, etwas Beständiges zu ergreifen und fest zu halten.

Es mag einige Menschen geben, denen es ähnlich geht und noch viel mehr, welche die Welt und deren komplexe Zusammenhänge verstehen wollen - oder eben auch nicht.

Aber das soll für Sie in diesem Text nicht von Bedeutung sein.

Denn es ist ja nur ein Augenblick, der vorüberstreicht, ohne greifbar zu sein.

Ein Augenblick, der ebenso schnell vorbei ist wie der Flügelschlag eines Kolibris. Der genauso schnell verflogen sein wird, wie auch all die darauffolgenden Augenblicke verflogen sein werden.

Einleitung

So kommt es nun zu meiner Geschichte.

Wie sieht meine Geschichte aus? Viele würden an dieser Stelle mit Daten, Zahlen und Fakten anfangen: woher sie kommen, wie sie heißen und was sie bisher im Leben geleistet haben. Meine Geschichte soll jedoch anders beginnen.

Sie beginnt an einem verschneiten Nachmittag in der Wüste. Die Wüste soll der Anfang meiner Geschichte sein. Sie ist so unendlich weit und so still, voller Freiheit und Einsamkeit. Und der

Schnee, ja, der Schnee ist weiß, weiß wie die Unschuld, weiß wie ein unbeschriebenes Blatt, sie – die Wüste - steckt voller Vertrauen und Möglichkeiten.

Ich sitze in der Wüste da, umgeben von rotem Sand, den die Schneeflocken langsam weiß färben. Still und unablässig fällt der Schnee auf mich und die unbelebte, karge Umgebung herab. Es ist ein windstiller Tag. So kommt es, dass ich bald vollständig mit Schnee bedeckt bin. Auch um mich herum ist alles weiß und trägt nun die Farbe der Unschuld. Jetzt endlich, da die ganze weite Wüste von Schnee bedeckt ist, kann ich all die Gewalt, die Ungerechtigkeit, das Elend, die der Welt und mir widerfahren sind, vergessen.

Es ist nicht weiter schwer, den Sand, dessen dunkelrote Farbe das vergossene Blut in der Welt symbolisiert, zu vergessen. Es ist nicht schwer, da meine Augen ihn unter der dichten, weißen Schneedecke nicht mehr sehen können.

Ich vergesse langsam den Schmerz, der in mir brannte, den Kummer, der mich zu zerfressen drohte. Ich vergesse mich. Ich gebe alle Verantwortung, alles Denken und all meine Sinne ab. Ich bin nur noch da. Ich existiere und schaue dem Treiben der kalten Schneeflocken zu, wie sie so leicht im warmen Wüstenwind tanzen und die ganze Welt mit dem Schleier des Vergessens versehen.

❄

Es ist schön. Eine unendliche Befreiung ist er, dieser Schleier, der sich auf die Welt und auf mich legt. Ich kann vergessen, loslassen, es geschieht wie von selbst ... ich schließe die Augen, und nun legt sich neben dem Schnee auch die Dunkelheit auf mich. Obwohl um mich herum noch helllichter Tag ist, scheinen meine Augen die Dunkelheit stärker wahrzunehmen als das Licht. Die Dunkelheit umgibt mich wie das stürmische Meer den Fels in der Brandung.

Die Ruhe, die Gelassenheit, die mich gerade noch erfüllt haben, weichen allmählich. Ich schnappe nach Luft, doch es gibt keine. Wie soll ich ohne Luft atmen?

Das grelle Licht des Tages, das ich durch die Dunkelheit noch erahne, vermittelt mir das Gefühl, kämpfen zu müssen, aber ich will nicht kämpfen. Nicht, wenn mir schon das Atmen so schwer fällt. Ich will Frieden, Ruhe. Ich brauche die Dunkelheit. Sie gibt mir Sicherheit. Die Dunkelheit, vor der ich mich jetzt nicht mehr fürchte, umfließt mich inzwischen auf eine beruhigende Art und Weise, bei weitem nicht mehr so stürmisch wie noch vorhin. Gleichzeitig fließt all die Dunkelheit, die sich in meinem Körper angestaut hat, aus mir heraus. In der Dunkelheit, die mich umgibt, verschmilzt alles zu einem und das eine zu allem. Meine Augen, ob sie nun geschlossen sind oder offen, nehmen nichts anderes mehr wahr. Alle Formen und Konturen der Wüste zerfließen wie der Schnee im Sonnenlicht. Langsam und friedlich, Tropfen für Tropfen, verschmelzen die Dunkelheit und ich miteinander – und sind doch ganz allein in den tiefen Weiten der Zeit. Ich lasse all das los, was mich bis jetzt in irgendeiner Form festgehalten hat, und schwebe schwerelos umher; alles, was gewesen ist, wird zu: es war. Die Dunkelheit, vor der ich mich einst immer gefürchtet habe, die ich gemieden habe, ist nun mein Wegbegleiter. Sie wird zu einem verlässlichen Freund. Und ich bin nicht mehr da.

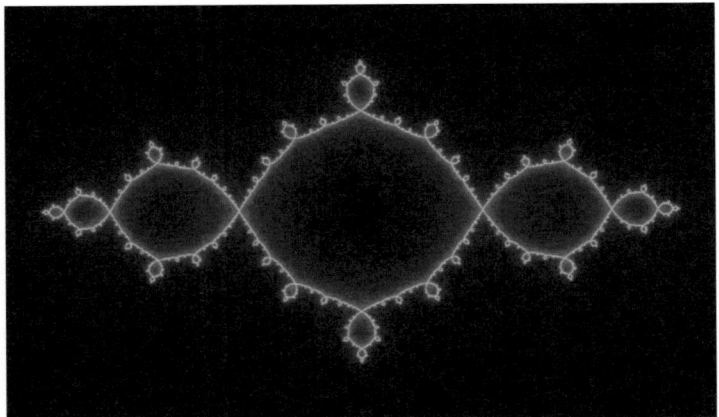

Die Blinde Weltenseherin

Das erste, was da ist, ist die Präsenz eines Bewusstseins. Gedanken, Gefühle, Sinne wie beispielsweise das Schmecken, Riechen, Hören.

Ein Informationsfluss, der ohne Bewertung in mein Bewusstsein vordringt. Ich bin da, ich existiere. Wo bin ich, wer bin ich, was mache ich hier?

Es ist warm um mich herum und auch in mir, und ich fühle mich sicher. Der Untergrund, auf dem ich liege, ist fest und weich zugleich. Ich nehme einen wundervollen Geschmack in meinem Mund wahr, ebenso wie die vielen überwältigenden Düfte – vor allem einer ist regelrecht betörend. Ich vernehme Klänge: einen Herzschlag beispielsweise, oder das Rauschen des Bluts in meinen Ohren. Selbst ganz leise Geräusche, die durch Schwingungen verursacht werden, vernehme ich.

Und dann öffnest du die Augen und blickst in ein grelles Licht. Es ist so hell, dass es dein gesamtes Bewusstsein ausfüllt. In einem einzigen Augenblick, einem Wimpernschlag vielleicht, verändert sich deine Umgebung komplett. Du bist jetzt in einer völlig neuen Welt. Diese besteht plötzlich auch aus Sehen, Verstehen, Lernen und vielem Unbekanntem.

Aber du nimmst etwas von der alten, dir bekannten Welt, in die neue mit. Die Stimme deiner Mutter beispielsweise, den Herzschlag, der im selben Takt wie ihrer schlägt, den vertrauten Geruch des Vaters, das Rauschen des Blutes, Gedanken und Gefühle, die du irgendwann mal hattest. Schon jetzt trägst du eine komplexe Welt tief in dir, zu der nur du Zugang hast und die sich in vielerlei Hinsicht von der Welt unterscheidet, in der du gerade angekommen bist.

In den ersten Augenblicken eines neuen Lebens ereignen sich zahlreiche Dinge, die so unendlich wichtig für dein Leben zu sein scheinen. Und doch gibt es gerade nichts Wichtigeres als das Schnappen nach Luft, als den ersten Atemzug, der deine Lungen mit Sauerstoff füllt.

Und noch bevor dein erster Atemzug getan ist, wendest du dich schon dem nächsten Bedürfnis zu: dem nach Geborgenheit, die dir soeben geraubt wurde.

Und sobald du sicher in den Armen der Mutter liegst, plagt dich schon der Hunger.

Selbstverständlich ist das purer Stress für dich, aber dieser Stress gehört nun mal zu der neuen Welt dazu. Und du nimmst ihn hin. Etwas anderes bleibt dir ja schließlich auch gar nicht übrig. Einen Weg zurück gibt es nicht und etwas aktiv verändern an deiner Situation kannst du auch nicht wirklich.

Nun bist du da und existierst, wartest darauf, dass dich in der neuen Welt jemand versorgt, so wie du es in der vergangenen kanntest. Der einzige Unterschied besteht für dich nur darin, dass du jetzt etwas dafür tun musst.

Also schreist und weinst du, um dich bemerkbar zu machen, im Vertrauen darauf, dass es irgendjemanden gibt, den das interessiert. Der sich für dich interessiert. Der deiner Existenz in dieser Welt eine Berechtigung verleiht, so willkürlich

und ungerecht das auch scheinen mag. Und so-
lange du dich nicht angenommen und geliebt
fühlst, wirst du immer das Urvertrauen vermissen, das du von dem alten Leben kanntest und
das eine Symbiose mit all den neuen, dir unbe-
kannten Welten, bilden sollte. Also schreist oder
weinst du immer weiter, um die Sehnsucht, die in
dir nach Stillung verlangt, zu nähren.

Sheela Mara Ziegler

Ankommen. Endlich!

Bei mir – endlich ankommen.

Wie lange braucht es, bis sich die Seele einge-richtet hat und gerne in meinem Körper wohnt. Mein „Mitte-Zimmer", mein „HARA" – endlich beziehen, einziehen, Raum einnehmen.

Irgendwo ankommen, endlich ankommen, heißt ja: Erleichtertsein; Schuhe ausziehen, Jacke aufhängen, Gepäck ablegen.

Durchatmen! Den langen Weg hinter mir las-sen und zumindest die Reise unterbrechen. Pause machen, mich wohl fühlen, erstmal nichts mehr müssen.

Türe zu. Schlüssel rumdrehen. Lärm abschal-ten. Ausruhen. Einrichten. Dekorieren.

Nur ich mit mir; bei MIR ankommen. Zuhören was ich mir sagen will.

Den Geist der leisen inneren Stimme verneh-men.

„Streng Dich nicht so an. Ich bin die Freude, und die Lebenslust will Dich begeistern."

Ankommen bei der Freude!?

Sommerblau – mitten im Juni.

Betrunken vom Wasser des Meeres und der Weite des Himmels. In mir und um mich ist viel Grund zur Freude.

Bei ihr will ich ankommen – endlich!

Geht das für immer?

Ja. Freude ist uns in die Wiege gelegt. Das zeigt sich schon in den ersten Lebenswochen. Das erste Lachen eines Kindes ist das größte Glück. Das „innere Lächeln" stärkt das Immunsystem und ist stärker als Kummer und Sorgen.

„Die Seele nährt sich von dem woran sie sich freut!"

Beim Schreiben über die Freude komme ich an.

Ich höre die Vögel zwitschern.

Ich sehe die Abendwolken ziehen.

Ich fühle das kühle Wasser der Dusche auf der verschwitzten Haut.

Ich rieche den Zitronenduft des Körperöls.

Ich schmecke die gefüllte Aprikose, die in sonnigem Land gereift ist.

„Freude den Sinnen. Lust den Geschöpfen. Friede den Seelen."

Ruth Schützler

Mein Mensch

Bin ich denn
wer ich immer war
Sowie ich mich erinnere
Oder bin wer anders
glattgeschliffen Jahr für Jahr
Ich seh die andre auf den Bildern
als wär ich nicht mehr deckungsgleich
mit meinem eignen Mensch.
Nicht fremd doch oft auch nicht vertraut
mit diesem Spiegelbild.
Wer ist das nun in die ich schau
sie hat viele Gesichter.
Doch schäl ich ab die Zwiebelhäute
wie Jahresringe
Stück für Stück
dann kommt mein eigner Mensch heraus
und ich hab mich zurück.

Brigitte Steeb

Meiner Heimat auf der Spur

Was bedeutet Heimat für mich?

Es fällt mir nicht leicht, diese Frage zu beantworten. Also frage ich vier sehr unterschiedliche Personen, um mich inspirieren zu lassen und dadurch der Antwort vielleicht näher zu kommen…

Der Nomade

Ich gehöre zu einem Nomadenstamm, ich bleibe nie lang an einem Ort. Als Händler ziehe ich von Wüstenstadt zu Wüstenstadt. Als Nomade habe ich kein festes Wohnhaus. Ich brauche keinen Ort, an dem ich Besitz ansammeln kann und den ich hegen und pflegen muss. Was mir gehört, passt in die Satteltaschen eines Kamels. Und doch bin ich reich, denn die Wüste schenkt mir ihre wilde Schönheit. Sie ist vollkommen und unvergänglich, ganz ohne mein Zutun. In ihrer unendlichen Weite, ihrer sengenden Hitze, ihren bizarren Felsformen und ihren fruchtbaren Oasen bin ich zuhause.

Viele Tagesmärsche lang zieht meine Karawane durch die Wüste. Monoton schaukeln die Kamele, tropft der Schweiß, zieht die Sonne. Bewegungen, Worte, Gedanken, alles fällt schwer. Dort, auf dem Rücken meines Reittiers, ist manchmal meine Heimat, da bin nur ich und die Hitze, es passiert nichts, niemand fordert etwas von mir, nichts verändert sich. Ich fühle mich sicher, friedlich und ruhig.

Abends dann, am Lagerfeuer, wenn Kälte und Dunkelheit hereinbrechen, erwachen die Glieder, Stimmen und Köpfe zum Leben. Es wird gegessen und getrunken, getanzt und gesungen. Alle reden und lachen durcheinander. Wie die Gewürze duften! Ein Fest für alle Sinne! Dort, inmitten unseres bunten Kreises, ist manchmal meine Heimat. Ich kann nicht genug bekommen von der Musik, sehe meine Familie und Freunde, lausche ihren Geschichten und bin froh, zu ihnen zu gehören. Die lange Lethargie des Tages wird ausgelöscht durch ein kurzes Aufwallen der angestauten Energie. Wir schauen nach den Sternen und fragen sie nach unserer Zukunft, das heißt, nach der Wegstrecke für den nächsten Tag. Wir planen nie weiter als bis Morgen, denn es ist uns genug, den nächsten Abend erleben zu dürfen.

Die Nacht verbringe ich in einem bescheidenen, schnell aufgestellten Stangenzelt, das eine Bastmatte, eine Steppdecke und eine Öllampe enthält. Wenn diese gelöscht wird, krieche ich unter die Decke, wo mich meine Frau mit ihrem Licht und ihrer Wärme empfängt. Hier ist manchmal meine Heimat, in ihren liebevollen Armen, an ihrem schlanken Hals, über ihrer weichen Brust, bei ihrem duftenden Haar. Der vertraute Körper und die liebkosenden Hände lassen mich den rauen Wüstenalltag vergessen.

Die Oase ist ein wichtiger Zwischenstopp auf unseren Reisen. Hier tränken wir unsere Tiere, stocken unsere Vorräte auf, legen uns in den Schatten und waschen den Staub und den Schweiß von unseren Leibern.

Die Wüste und die Oase sind wie Geschwister, sie brauchen einander, sind aber sehr verschieden. So tot die Wüste, so lebendig die Oase. So karg die Wüste, so verschwenderisch die Oase. Manchmal ist hier meine Heimat, in dieser Hülle und Fülle, unter dem leuchtenden Grün der Palmen, im kühlen Nass der Quelle. Ich pflücke Datteln, sehe das vergnügte Spiel der Affen und tauche immer wieder ins erfrischende Wasser. Wie dankbar bin ich für diese lebendigen Kräfte um mich herum! Und doch bin ich froh, nicht immer hier zu sein, denn könnte ich sie dann wohl noch so sehr genießen?

Am Ziel einer Reise, wenn wir auf dem Basar unsere Ware anbieten, ist meine Heimat die große Stadt. Wir sind stolz auf das, was wir auf so langem und beschwerlichem Wege durch die Wüste getragen haben, treu gehütet und wenn nötig auch verteidigt, sicher verpackt und fest vertäut. Der Stolz klingt in unseren Stimmen, wenn wir laut rufend unsere Ware anpreisen, im Chor mit aberhundert anderen Händlern um uns herum. Wir feilschen und vergleichen, diskutieren, tauschen, kaufen und verkaufen. Wiegen ab, überprüfen, schenken manchem Handel Vertrauen oder schieben Argwohn vor.

An jedem Markttag gibt es Freud und Leid, lustiges Wiedersehen und erbitterten Streit. Ich bin inmitten all dieser Menschen mit langen, bunten Gewändern, und kann in jedem von ihnen lesen wie in einem Buch. Ich sehe die Gier in manchen Augen blitzen, während aus anderen die Aufrichtigkeit leuchtet. Manche suchen mit blumigen Worten die Dornen der Lüge zu schmücken. Es gibt großzügige Menschen, die geben mit beiden Händen, geizige Menschen hingegen gebrauchen sie nur zum Nehmen. Wenn Markt ist, dann liebe ich alle Menschen und freue mich an ihrer Vielfalt.

Doch immer wieder zieht es mich in die Einsamkeit der Wüste zurück.

Die Architektin

„Heimat" ist für mich gleich „wohnen". Egal, welches Land und welche Stadt, ein Wohnraum, in dem man sich zuhause fühlt, ist das A und O. Wie aber findet man einen solchen Ort? Was braucht es, um aus irgendeinem beliebigen Gebäude ein Zuhause zu machen? Dafür gibt es mehr als eine Antwort:

Ein wichtiger Aspekt ist sicher die passende Einrichtung. Wie viel gemütlicher wirkt eine Wohnstube mit gebrannten Terrakotta-Fließen, wie viel moderner eine Küche mit Mini-Bar, wie viel freundlicher ein Schlafzimmer mit himmelblauen Vorhängen?

✺

Natürlich ist auch das Exterieur entscheidend. Menschen wohnen in urigen Bauernhäusern, adretten Neubauten, einander gleichenden Reihenhäusern, eleganten Stadtwohnungen, einsamen Burgen, minimalistischen Wohnwägen, ärmlichen Bruchbuden, praktischen Appartements, verwunschenen Schlössern, engen Dachkammern oder historischen Fachwerkhäusern, um nur ein paar der schier endlosen Wohnmöglichkeiten zu nennen. Aber egal wie groß oder klein der Wohnraum und das Budget seiner Bewohner- man kann es sich überall häuslich und heimisch machen. Manche brauchen dafür Marmorstatuen und Gemälde, andere ihre Puppen- oder Briefmarkensammlung. Wieder andere wollen ihre vier Wände in einer bestimmten Farbe haben, manchen genügen Blumen im Sommer und Tannenzweige im Winter.

Es ist typbedingt, wie schnell sich Menschen an einem Ort zuhause fühlen. Die einen wollen dazu Bilder von sich und ihren Lieben aufhängen. Andere müssen erste Krisen in ihrer Wohnung erlebt haben, zum Beispiel einen Stromausfall oder einen Weinfleck auf dem Teppich. Wieder andere fühlen sich erst zuhause, wenn sie ihre Kinder dort großgezogen haben.

Menschen prägen ihre Wohnstätten auf unterschiedliche Weisen. *„Wohnen"* ist nicht gleich

„*wohnen*". Es ist ein dehnbarer Begriff, ein Tun-Wort mit vielen Vorsilben. Jeder tut es auf seine Art.

Manche Menschen *zer-wohnen*, das heißt sie dringen in jeden Winkel ein und wollen mit dem Kopf durch alle Wände. Sie streichen und malern in allen Regenbogenfarben, pressluft-hämmern, hochdruck-reinigern, bauen aus und bauen an, montieren neue Heizungen, reißen Mauern ein und ziehen sie an anderer Stelle wieder hoch. Sie knallen mit Türen, hüpfen auf Betten und trampeln auf Treppen. Diese Menschen lassen sich von keinem Haus der Welt einschüchtern.

Bei einem ganz anderen Menschenschlag spreche ich vom *an-wohnen*. Sie schleichen von Raum zu Raum und werden fast unsichtbar im Schatten der Gänge. Sie polieren, was ohnehin schon glänzt und bestaunen, was sonst übersehen wird. Sie lassen die Wohnung atmen und sprechen, würden sich sogar von ihr verschlucken oder anschreien lassen. Sie haben in ihrer Wohnung nichts zu sagen. Sie beobachten alles, aber berühren nichts. Nach geraumer Zeit wird ein solcher *Anwohner* vielleicht eine schlichte Grünlilie in eine leere Ecke stellen. Aber das ist das Höchste ihrer Gefühle.

Es gibt leider auch Menschen, die an ihrem Heim *vorbei-wohnen*. Deren Wohnungen sind meistens verwaist, denn sie sind immer unterwegs oder auf dem Sprung. Wenn sie da waren, hinterlassen sie ungeöffnete Briefe und achtlos in die Ecke geworfene Taschen. Sie kommen nur zum Schlafen heim und vielleicht, um in einer seltenen Minute der Muse eine Zigarette auf dem Balkon zu rauchen. Sie haben nicht einmal ein Klingelschild oder einen Schlüsselanhänger, so wenig Zeit nehmen sie sich für ihr Zuhause.

Dann gibt es noch das *Inne-wohnen*. Wer *inne-wohnt* geht eine Symbiose mit seinem Heim ein, prägt es und lässt sich gleichzeitig selbst davon prägen. Es entsteht eine Beziehung zwischen der Wohnstätte und den Bewohnern, sie lassen sich in ihr fallen, aber arbeiten auch an ihr und bemühen sich um sie.

Diese Bewohner erkennen die Seele ihrer Wohnung und geben ihr Raum. Und die Wohnung ist ihnen dankbar für dieses Entgegenkommen: Wo Menschen *inne-wohnen,* da quietscht keine Tür, hängt kein Bild schief, streicht der Wind sanft durch die Gardinen und blitzt die Sonne freundlich in den Gläsern. Durch ihre Einrichtung unterstreichen die Bewohner die Schönheit, die sie vorfinden. Sie wissen, dass sie nichts kaschieren müssen, sie betonen die Rundungen und Ecken, die Höhen und Tiefen. Sie ergänzen, wo etwas fehlt und entfernen etwas, wo zu viel ist.

Die Kunst des *Inne-wohnens* ist für mich der Schlüssel dazu, in seiner Wohnstätte Heimat zu finden. Nur wer *innewohnt*, ist zuhause.

Der Müller

Meine Mühle ist meine Heimat. Seit vier Generationen ist die Mühle im Besitz meiner Familie. Jedes einzelne meiner 81 Jahre habe ich hier verbracht. So wie das Mühlrad geht, so geht auch mein Atem, mein Herzschlag, mein Puls. Der Bach rauscht, das Rad klappert, die Steine mahlen, das Getreide fließt. Draußen mag das Leben in allen Himmelsrichtungen toben, aber hier drin geht alles seinen gewohnten Gang, den immer gleichen Kreislauf der Mehlherstellung. Ich kenne die Mühle wie meine Westentasche, bin tausende Male den Weg ums Haus über den Hof zum Mühlrad gelaufen. Habe Steine und Äste entfernt, habe es repariert und kontrolliert, oder einfach nur dem Spiel des Wassers zugeschaut. Tausend Mal habe ich Säcke voller Getreide von Wägen geladen, die knarzende Holztreppe hinauf geschleppt und in den großen Schacht entleert. Dann ergießen sich goldene Ströme von Weizen, Roggen, Hafer und Dinkel in den Trichter über die beiden Steine, die unbarmherzig zermalmen, in endlosen Kreisen aneinander vorbei reiben und mahlen und pressen. Danach ist der Prozess für das Korn noch lange nicht vorbei, es wird so lange gesiebt und wieder gemahlen und wieder gesiebt, bis es feiner ist als der weichste Sand. Wenn am Ende das weiße, duftende Mehl durch meine Hände rinnt, überkommt mich jedes Mal ein freudiges und stolzes Gefühl, bis heute. Zu wissen: Das ist meine Mühle, sie ist alt, und alt bin auch ich, aber wir beide tun unsere Arbeit noch immer.

Das Mehl wird dann in Säcke gepackt, manche sind fast mannshoch und zentnerschwer, die kleinsten packen die Hausfrauen mit Leichtigkeit in ihre Handtaschen, um Zuhause Kuchen daraus zu backen. Meine Frau bäckt auch für unseren Mühlenladen Brote und Kuchen und Kekse, manchmal steht sie lange allein hinter der Theke, aber die alten Stammkunden kommen bestimmt. Früher war das anders, als jeder Zweite in unserem Dorf seine eigenen Getreidefelder hatte und die Ernte bei mir abgeliefert hat. Da stand das Glöckchen an der Eingangstür nicht still. Es war immer viel Leben in der Mühle und im Laden. Was einst ein bekannter Treffpunkt war, ist heute ein Geheimtipp. Die Menschen, die noch kommen, sagen oft: „Hier ist es noch genau wie damals, so heimelig, man kennt sich. Und das Brot wird von Hand und mit Herz gebacken, das schmeckt man einfach. In den modernen Bäckereien schmeckt alles so gleich, so industriell."

Mein Sohn, der Älteste, der die Mühle erben sollte, so wie es vier Erstgeborene vor ihm getan haben, findet, das Müllerhandwerk habe keine Zukunft. Heute wollen die Leute lieber schneller und billiger ihre Brötchen in Plastik verpackt im Supermarkt kaufen. Das Mühlrad ist zu langsam für den Takt dieser schnellen neuen Zeit, in der mein Sohn zuhause ist. Er will flexibel sein, aber die Mühle bindet ihn zu sehr, sagt er. Er will mehrmals im Jahr in den Urlaub fliegen können.

Er will auch beruflich nicht stehen bleiben, sondern sich ständig weiter entwickeln. Er will in eine große Stadt ziehen und wenn es ihm da nicht mehr gefällt, vielleicht in eine andere. Offen und frei will er sein, die Mühle passt nicht in sein Lebensbild, ihre schweren Steine hängen ihm wie ein Klotz am Bein und halten ihn auf, denkt er. Er hat Recht, die Mühle fordert viel. Sie braucht alles von mir, Herz, Verstand und Körper. Sie strengt mich an und lässt mich ungern ruhen. Doch sie fordert nichts von mir, was sie nicht auch selbst leistet, denn keiner ist fleißiger als ihr Rad, das bei Tag und bei Nacht nicht stillsteht. Die Arbeit hier erfüllt mich, ich habe und hatte nie den Wunsch, woanders etwas anderes zu machen. Während meiner Lehr- und Wanderjahre, als ich als junger Bursche von Mühle zu Mühle zog, habe ich wohl genug Freiheit und Auslauf gehabt für ein ganzes Leben. Mit meiner Frau und den Kindern war ich manchmal am Gardasee, meine Frau hatte alle paar Jahre die Nase voll von der Mühle und wollte eine Woche lang etwas anderes sehen. Aber mit stehenden Gewässern kann ich nichts anfangen, ich habe das fröhliche Plätschern des Baches vermisst und konnte abends nicht einschlafen, weil das Geräusch des Rades gefehlt hat. Während dieser Urlaube träumte ich manchmal, dass zuhause die Mühlsteine zerbrächen, die

Treppe einstürze und das Rad aus dem Bach spränge. Ich wachte dann schweißgebadet auf und wollte nach dem Rechten sehen, doch wenn ich in schlaftrunkener Eile aus dem Haus gestürzt war, sah ich nur den stillen See und keine Mühle weit und breit. Ich war natürlich immer froh, wenn wir wieder Zuhause ankamen und ich mich in die gewohnte Arbeit stürzen konnte.

In meinem Dorf, da kennt man mich, ich bin eben der Müller, der immer da war, man grüßt mich, wohin ich auch geh. Doch jetzt, da ich alt bin, sehe ich nicht nur freundliche Blicke auf mir, sondern auch besorgte. Sie sehen meinen gebückten, langsamen Gang, hören meine knackenden Knochen und mein Stöhnen, wenn der Rücken und die Gelenke schmerzen. Viele Leute sagen, ich solle mich zur Ruhe setzen, die Mühle Mühle sein lassen und mir einen schönen Lebensabend machen. Aber wer mich kennt, weiß, dass ich das nicht kann. Ich bin Zuhause geboren und ich werde Zuhause sterben. Zuhause, das ist und bleibt meine Mühle für mich.

Die Spirituelle

Heimat hat für mich nichts mit einem Land, einem Ort oder einem Haus zu tun. Heimat finde ich nur in mir selbst. Nur wenn ich mich selbst liebe und glücklich bin, kann ich mich zuhause fühlen. Selbst wenn ich im schönsten Schloss wohne, werde ich mich niemals heimisch fühlen, wenn ich in der Tiefe meiner Seele unglücklich bin. Bin ich unglücklich, so ist meine Seele rastlos und kommt niemals Zuhause an.

Jeder Mensch hat nicht nur den einen, sichtbaren Körper, sondern noch vier andere unsichtbare Energiekörper: Den Gefühlskörper, den Gedankenkörper, den Glaubenskörper und den Sinneskörper. Nur, wenn all meine Körper in mir vereint sind, bin ich ich selbst. Es erfordert ein wenig Zeit und Übung, alle Körper kennen zu lernen und mit ihnen zu leben. Es kann mitunter anstrengend sein, jeden der vier Körper zu berücksichtigen, man muss kompromissbereit sein und jeden gleichberechtigt behandeln.

Wenn ich mich bewusst auf die vier Facetten meines Selbst einlasse, wenn ich sie einlade, in meinem Herzen zu wohnen, kann ich mir dort eine wunderbare, kuschelige Heimat einrichten, in der ich mich rundum wohlfühle. Leider sind die Körper bei vielen von uns in alle Winde zerstreut und flüchtig. In unserem hektischen Alltagsleben bleibt oft keine Zeit zu warten, bis alle Körper anwesend sind. Wir treffen oft Entscheidungen über die Köpfe mehrerer Körper hinweg. Das macht uns auf die Dauer krank und unglücklich. Wir müssen manche Prioritäten ändern, uns weniger von außen beeinflussen lassen und öfter auf unser Inneres hören. Denn wenn wir genau zuhören, erkennen wir die vier Stimmen in unserem Herzen. Erst vielleicht nur ganz leise, schüchtern und misstrauisch. Doch sie werden lauter, mutiger und fröhlicher, wenn sie spüren, dass ihnen zugehört wird. Wenn wir sie sprechen lassen, dann weisen sie uns den Weg in unser Glück. Man muss auch keine Angst haben, dass Streit entstehen könnte in unserer Herzens-Heimat, obwohl vier ganz unterschiedliche Körper auf engem Raum zusammen leben. Die Energiekörper sind von Natur aus rücksichtsvoll und genügsam. Sie würden keinen Missmut in unserem Heim zulassen.

Streit gibt es nur dann, wenn ich einen oder mehrere Körper ignoriere. Das äußert sich in dem unguten Gefühl, das wir schlechtes Gewissen nennen. Dieses Gefühl stellt sich zum Beispiel ein, wenn ich eine Entscheidung treffe, zu der ich mich gezwungen fühle, weil sie andere von mir fordern, die mir aber selbst nicht gut tut.

Je öfter ich in Meditation in mich gehe und meine Energiekörper im Herzens-Haus besuche, desto klarer und verständlicher werden ihre Stimmen. Seit ich mit ihnen in mir lebe, habe ich mich selbst auf ganz neue Weise kennen gelernt.

✦

Ich bin viel zufriedener und ausgeglichener und weiß, was ich will. Ich bin nicht mehr so unentschlossen und so leicht einzuschüchtern. Ich bin selbstbewusst, sage meine ehrliche Meinung und lasse mir nichts gefallen. Ich bin nicht immer auf die Gunst und Gesellschaft anderer Menschen angewiesen, ich bin mir selbst genug. Müde und genervt vom Leben- das bin ich immer seltener.

Jeden Morgen, bevor ich in einen neuen Tag starte, rufe ich meine Körper zu mir und schenke jedem von ihnen einen Moment der Aufmerksamkeit. Was fühle ich? Woran denke ich? Was glaube ich? Was nehme ich wahr? Bei der Arbeit gönne ich mir kurze Pausen zur Einkehr und Meditation. Es genügt, ein paar Minuten still und mit geschlossenen Augen und leeren Händen zu sitzen und nur zu atmen. Kurz abschalten und in mich gehen. Am Ende jedes Tages freue ich mich auf die Heimkehr zu meinem Herzen. Wenn ich ankomme, sind all meine Körper schon da und begrüßen mich, umringen mich, liebkosen mich. Wir setzen uns einen Moment auf die Bank vor dem Haus und genießen den Sonnenuntergang. Vielleicht spreche ich ihnen ein Liebesgedicht vor. Ich lege meine Hand auf mein Herz und spüre das regelmäßige, tröstende Klopfen, die Melodie meiner Heimat.

Ich –

die spirituelle Nomadenarchitektenmüllerin-?

Was bedeutet denn nun Heimat für mich?

Manchmal fühle ich mich wie ein Nomade, denn in meinen jungen Jahren bin ich schon viele Male umgezogen. Ich habe dadurch gelernt, mich schnell an viele unterschiedliche Gegebenheiten anzupassen. Ich bin dankbar für die Landschaften, Menschen, Kulturen und Häuser, die ich dadurch erlebt habe. Aber wenn ich mich frage, wo, an welchem Ort, meine Heimat ist, dann fällt mir nichts ein. Ich bin wohl nicht lang genug an einem Ort geblieben, um in ihm Wurzeln zu schlagen, seine Gepflogenheiten anzunehmen und in seinem Rhythmus zu schwingen. Es gibt kein Haus, in dem ich jeden Winkel kenne, keinen Betrieb, den ich aufgebaut, keinen Garten, den ich angelegt habe und keine Stadt, in der mich alle Menschen grüßen. Manche sagen mir: Das ist alles eine Frage des Alters. Bin ich also zu jung für eine Heimat?

Ich liebe es, zu gestalten und einzurichten, umzustellen und zu verschönern. Räume mit stimmigen Farbkombinationen, stilvoll aufeinander abgestimmten Möbeln, bunt gemusterten Teppichen, schönen Zimmerpflanzen und liebevoll designten Accessoires lassen mein Herz höher schlagen. Sobald ich ein neues Zimmer beziehe, stelle ich ein paar Kerzen auf, lege meinen grünen Teppich vor das Bett, hänge meine Lichterkette auf, platziere meinen Kaktus auf dem Fensterbrett und bringe ein paar schöne Bilder an den Wänden an. Das ist die Basis, die ich brauche, um zu sagen: Das ist mein Zimmer. Je länger ich dort wohne, desto mehr kommt natürlich dazu, ich bastle, male, klebe an, schneide aus und stelle um. Meine Fensterbank wird grüner und die Wände bunter. Je nach Jahreszeit bringe ich Fundstücke aus der Natur mit. Irgendwann hängen an der Wand die ersten Fotos, die in diesem Zimmer aufgenommen wurden. Irgendwann wache ich nicht mehr nachts orientierungslos auf, sondern weiß sofort, wo ich bin. Irgendwann träume ich von diesem Zimmer, diesem Haus, diesem Ort. Bin ich dann zuhause?

Wenn ich im Mühlenladen einkaufe, spüre ich die Geborgenheit, die in diesen altehrwürdigen Mauern zuhause ist. Ich höre den Stolz in der Stimme des Müllers, wenn er über seine Mühle spricht. Dann überkommt mich manchmal ein Fünkchen von Neid. Es muss schön sein, einen Ort zu haben, an dem man völlig aufgeht, in dem man sich so wohl fühlt, von dem man niemals fort will. Die Mühle vereint das Zuhause, die Arbeitsstelle, die Familie und die Interessen des

Müllers. Ich frage mich manchmal, wie es wäre, wenn ich irgendwo an einem schönen Ort eine Mühle hätte und dort für immer bleiben würde. Es gäbe nur mich und das Rad, ich würde mein eigenes Brot essen und nachts von Mehlsäcken träumen. Ich wäre zufrieden mit mir und der Welt und würde nichts vermissen. Oder?

In anderen Momenten denke ich, dass ich keine ortsgebundene Heimat brauche. Menschen verbinden mit Heimat Geborgenheit und Wohlgefühl, sie identifizieren sich über den Ort, an dem sie leben, die Kultur, der sie angehören oder den Beruf, in dem sie arbeiten. Sie engagieren sich in zahlreichen Ortsvereinen, leben für ihre Arbeit oder schöpfen Kraft in der Kirche. Das wäre mir nicht genug. Irgendwann sind die Jahre der Arbeit vorbei, hegt man Zweifel am Glauben, spaltet ein Streit die Vereinsgemeinschaft. Aber eine Sache vergeht nicht so lange ich lebe, und das ist meine Seele in mir. Ihr will ich treu sein, mit ihr will ich feiern, an sie will ich glauben und für sie will ich mich einsetzen.

Eva Schittenhelm

Herbstgedanken

Der Herbst verglüht in Feuerfarben
die letzten Tage sind noch warm
doch mit Sturm und kaltem Regen
kündigt sich der Winter an.
Dunkel ist der frühe Morgen
ganz verstummt der Vögel Sang
Die Zeit der Lichter ist gekommen.
Äpfel die im Feuer schmoren aus
dem Herbst noch mitgenommen.
Zur Ruhe legt sich die Natur.
Zeit um den Blick einmal zu wenden
das Jahr im Rückblick zu beschauen.
Unangenehmes ziehen lassen,
das Schöne aber hell erleuchten und in Gedanken
funkeln lassen
schmückt es doch unsern Lebensbaum.

Brigitte Steeb

Herbst

Sonntagmorgen – 28. Oktober 2017

Heute Nacht wurde die Uhr umgestellt, aber – kann man auch die Zeit umstellen?

Jetzt ist zwar acht Uhr, was gestern noch neun Uhr war, doch die Sonne ging auf wie immer, die Wolken am Himmel zeigen keine Veränderung, die Vögel freuen sich, dass sie wieder in der „normalen" Zeit angekommen sind und wenn heute Abend der Mond aufgeht, sind wir Menschen irritiert, dass es erst 18 Uhr ist statt 19 Uhr.

Winterzeit nennen wir das, was heute beginnt. Dabei ist es nur die Rückerstattung der Stunde, die uns Ende März gestohlen wurde.

Wir gehen mit der Natur durch die Jahreszeiten. Heute ist es stürmisch, und es regnet. In den Bergen soll es schon ab 600 m Höhe schneien. Es riecht nach Spätherbst. Blätter rasen durch die Luft wie kleine Drachen, manche Bäume sind schon leer, andere haben noch viel loszulassen. Aber der Sturm lässt ihnen keine Chance. Alles muss runter. Nur die Tannenbäume dürfen ihr Grünzeug behalten.

Körper und Seele sind gefordert. Muskeln sind angespannter als im warmen Sommer, die Haut ist trocken und gereizt. Die Nerven ziehen sich zusammen und sind kälteempfindlich.

✸

Obwohl mein Kopf weiß, dass die kalte Jahreszeit mehr Selbstfürsorge braucht, tut der Körper sich doch jedes Jahr aufs Neue schwer, den Wechsel gut mitzumachen.

„Der Herbst, der Herbst, der Herbst ist da, er bringt uns Wind, hei-hussasa, schüttelt ab die Blätter, bringt uns Regenwetter, hei-hei husassa, der Herbst ist da"… so singe ich mit meiner kleinen Enkelin den Herbst schön, wohlwissend, dass Wind und Wetter mir zusetzen werden. Statt hei-hussasa – ein Aua-auawa?!

Loslassen – die Aufgabe des Herbstes. Manche Blätter fallen schwer vom Baum. Stürmische Zeiten aushalten, Gegenwind ertragen, Gelassenheit üben, Dunkelheit akzeptieren…. das sind auch meine Lebensaufgaben.

Krankheiten nehmen zu, die Haut wird dünner, das Nervensystem gereizter, die Nase ist schneller „voll". Die Seele spürt den Wechsel und Wandel. Sie braucht Wärme und Nahrung. Meine Bedürftigkeit nach Zuwendung und Zusammenhalt verstärkt sich im Herbst des Lebens. Die Seele muss mit dem Körper gut zusammenarbeiten, um genügend Ressourcen für den Winter zu aktivieren.

Also gönne ich mir heute Morgen den längeren „Aufwachschlaf" – trotz oder mit dem fröhlichen Wachkitzeln meiner kleinen Enkelin.

„Oma – ich will…". „Gleich, Süße, Oma will auch…" noch ein bisschen weiterschlafen. Alles gehe ich langsamer an. Die Musik zum Sonntagmorgenfrühstück darf heute ruhiger und getragener sein als an einem Sommermorgen.

„Oh ja, gerne ein weich gekochtes Ei", antworte ich auf das Angebot meines Mannes, der heute Frühstück macht.

Ich habe Zeit. Winterzeit! Also doch eine Stunde mehr?

Heute muss und will ich mich nicht anstrengen. Wie die Jahreszeiten hat jede Lebenszeit ihre eigenen Aufgaben und auch ihre Kraftquellen.

Im Herbst kann ich lernen, meine Ernte zu genießen, loszulassen, mir mehr Ruhe zu gönnen.

In drei Tagen ist Reformationsfest. In diesem Jahr ein 500jähriges Jubiläum, ein freier FEIERTAG!

Die Reformatoren sagen mir: „Du bist frei! Du brauchst dich nicht mehr so anstrengen für dein Seelenheil. Du bist reich beschenkt mit bedingungsloser göttlicher Zuwendung."

Also gehe ich beschwingt und erleichtert in diesen Tag. Draußen stürmisch, drinnen gemütlich. Ich lasse meine Seele baumeln. Herbstlich. Herzlich.

Ruth Schützler

Erdenzeit

Mit einem Feuerwerk der Farben
ist hier der Tag entschwunden
die Nacht ist warm
und ruhig sind die Stunden
So vieles, was ich heut gesehen, ist mir vertraut
das Wechselspiel der weißen Wolken
die der Passat vom Meer her bringt
Sie werfen Schatten
lassen die Vulkane
die doch so schroff sind weich aussehen.
Der Erde ständige Geburt erhebt sie aus der
weiten Landschaft
nur Flechten schmücken ihr Gesicht
Licht und Luft geben die Farben
Das ist der Ursprung alles Lebens
der Staub aus dem wir alle sind.
Die Zeit verschluckt sie einmal wieder
gegeben und genommen
und wenn dann unsre Zeit gekommen
kehren wir auch dahin zurück.

Brigitte Steeb

Sterne

„Weißt Du wieviel Sternlein stehen….?"
Nein, das weiß ich nicht.
Kann sie nur funkeln und leuchten sehn
und dahinter ahn ich das große Licht!

Je dunkler die Nacht, umso heller die Sterne.
Sie ziehn unsere Sehnsucht hinauf in die Ferne.
Wir erwarten von ihnen Führung und Klarheit.
Die Hirten, die drei Weisen –
sie erhielten die Wahrheit
wohin ihr Weg sie führen sollte
und was der Himmel von ihnen wollte.

„Folg Deinem Stern!"
Er steht am Horizont und leuchtet Dir gern.
Er kann helfen Ängste zu überwinden
und unsere Augen zu entbinden.

Zu den Sternstunden des Lebens
kann er uns leiten,
uns auch in dunkelsten Zeiten begleiten.
Selbst wenn wir ihn nicht sehen, er ist da!
Ganz fern - und doch manchmal
für Momente ganz nah.

„Unter all den Sternen,
steh`n unsere Namen geschrieben."
wir gehören zum Universum
mit unserem kleinen Leben hienieden.

Der Blick nach oben weitet das Herz
und lässt uns vergessen des Tages Schmerz.

Kleiner und großer Wagen,
Milchstraße und Großer Bär
Wer hat sie geordnet
und bringt sie zum Leuchten – wer?
Dieses und jenes „steht unter einem guten Stern"-
so nennen wir es gern,
wenn uns etwas gelingt
oder Gutes sich ereignet im Leben
es scheint dann, als hätte
Gott seinen Segen dazu gegeben.

Wenn wir eine Sternschnuppe
in der Nacht erblicken
wollen wir schnell einen Wunsch
zum Himmel schicken.
Fast erschreckt, doch gleichzeitig verzückt,
glauben wir, dass uns das
Erwünschte dann glückt.

Wir sind fasziniert von der Sterne Magie
und entwickeln dabei ganz viel Phantasie
wenn es um das Transzendente geht.
Wir ahnen, dass unser Schicksal
in den Sternen steht.

„Wenn ich seh die Himmel Deiner Hände Werk,
den Mond und die Sterne, die DU gemacht,

was sind die Menschen, dass DU an sie denkst
und Sorge für sie trägst?"

So haben es Menschen
schon vor tausenden Jahren ausgedrückt,
glücklich, wer seinen Blick zum Himmel schickt.
Der weiß sich im großen Ganzen aufgehoben,
und kann seinen Schöpfer dafür loben.

Sterne sind die göttlichen Grüße,
die uns sagen:
„Wir sind bei Euch, auch in der Krise."
Danke für das Sternenzelt.
Das uns empor trägt und geborgen hält.

Ruth Schützler

Dunkelheit

Dunkelheit, sie ist nie weit,
... im Wechsel von Tag und Nacht
hat sie so manche Macht,
so mancher Mensch hält nachts die Wacht
Dunkelheit erfahren, hilft uns zum Leben
durch sie lernen wir am Leben zu kleben
Durch Dunkelheit sehen wir das Licht heller,
es leuchtet auch in tiefste Keller.
Wollen Dunkelheit meiden zu mancher Stund'
vergessend, dass sie oft macht die Sache rund.

Gudrun Lempp

Aufgetaucht

In Dunkelheit lag meine Seele
still auf dem tiefen Seengrund
das kein Schmerz sie mehr quäle
vom Leben war sie mehr als wund.
Ein Sonnenstrahl durchdrang die Nacht
erweckte neues Leben
hat zur Oberfläche sie gebracht.
Im Licht die schweren Ringe sprangen
sie wurde leicht und flog davon.
Nichts kann sie mehr halten oder bannen.
Jetzt bin ich frei kann mich entfalten
Gedichte sind des Lichtes Lohn.

Brigitte Steeb

Die vollkommene Dunkelheit voller Glanz

Wann und wo,
das weiß ich nicht,
ob es jemals stattgefunden hat,
nein, das weiß ich auch nicht.
Vielleicht war es ein Traum,
ein wunderschöner berührender und
beeindruckender Traum.

Es geschah als es noch keine Zeit gab,
als nichts existierte, rein gar nichts.
Ich nehme mich aber wahr in diesem Traum,
ich fühle mich anwesend, obwohl es dunkel ist.
Es ist eine ruhige beruhigende sanfte Dunkelheit,
Kein Licht weit und breit, es ist still,
es ist eine vollkommene Stille,
in der vollkommenen Dunkelheit.

Nach einer Weile,
nach der Gewöhnung an die Stille,
kommt irgendwoher ein Klang,
eine angenehme Melodie,
sie klingt wie ein Gesang, wie eine Sprache,
wie ein Gedanke, der in Töne
umgewandelt wurde.

Es sind Sterne, wie golden-gelb leuchtende
Glöckchen, lachend, kichernd und singend
bewegen sie sich wie ein Vogelschwarm
in einem unendlichen Raum,
wo es keinen Ort gibt.

Die kleinen Sternlein kommunizieren
fröhlich miteinander in unbeschreiblich
schön klingenden Tönen.
Sie erfassen und nehmen mich
auf in ihrem Schwarm.

Nun verstehe ich sie, verspüre Freude und
schwimme mit ihnen im dunklen leeren Raum.
Irgendwann, da wo es die Zeit nicht gibt,
begegnen wir etwas ohne Form und
wünschen uns, von diesem ETWAS
eine Aufgabe erteilt zu bekommen.

DAS, was wie eine Art Gedanke oder
Energie wirkt, teilt uns mit,
dass wir uns selbst eine Aufgabe aussuchen
sollen, um daran reifen zu können.

Wir lachen fröhlich und entscheiden
von hier nach dort zu gehen,
um unsere selbsterwählte Aufgabe zu erfüllen
und Erfahrung zu sammeln.
Irgendwann erwache ich und bin
zufrieden und glücklich.

Noch heute, hin und wieder verspüre ich einige
von diesen Sternenglöckchen unter uns weilen.
Wenn du sie entdeckst und sie fragst,
wohin sie gehen, werden sie antworten,
dass sie, wenn sie hier fertig sind,
weiter schwimmen würden.

Denn, wohin, das wissen sie nicht
und sie wollen es auch nicht wissen.
Überzeugend werden sie behaupten,
dass sie alles erfahren werden,
wenn es so weit ist, dabei werden sie lachen
mit ihren goldenen Klängen.

Subramaniya Suresh

Die Autoren/Innen stellen sich vor:

Eva Schittenhelm:
Ich habe immer mein Notizbuch dabei, denn das
Leben schreibt die besten Geschichten!

Brigitte Steeb
fängt Wörter und bringt sie in den eigenen
Rhythmus.

Subramaniya Suresh:
Mit meinen Geschichten erzähle ich das Erlebte in
meinen Heimaten Indien und Deutschland als
meinen Beitrag zur Völkerverständigung.

Gudrun Lempp:
Ich schreibe, um das Leben mit anderen zu teilen,
denn "Meins" ist eine Facette des Lebens.

Ruth Schützler:
Im Schreiben komme ich mir selber auf die Spur.

Sheela Mara Ziegler:
wie meine Geschichte bin auch ich unvollendet.

Impressum

© 2017
Die Autoren/Innen sind die Rechteinhaber ihrer Beiträge.

Fotos: Brigitte Steeb, Ruth Schützler, Gudrun Lempp, Eva Schittenhelm

Cover Gestaltung: Ruth Schützler, Suresh

Layout: Johannes Bärmann

Herausgeber: die Schreibgruppe Ludwigsburg

Kontakt: www.sure.sh

Bibliografische Information der Deutschen National-bibliothek: Die Deutsche Nationalbibliothek verzeichnet diese Publikation in der Deutschen Nationalbibliografie; detaillierte bibliografische Daten sind im Internet über http://dnb.dnb.de abrufbar.

Herstellung und Verlag:
BoD – Books on Demand, Norderstedt.
ISBN: 9783746034126

9 783746 034126

✴